www.tredition.de

AF196427

Richard Lang

Ein seidenes Nachthemd

Ihre Welt war auf Wandel nicht angelegt

© 2020 Richard Lang

Verlag & Druck: tredition GmbH, Halenreie 40-44, 22359 Hamburg

ISBN
Paperback: 978-3-7497-8363-2
Hardcover: 978-3-7497-8364-9
e-Book: 978-3-7497-8365-6

*Um dem Lebensweg einer anderen Person folgen zu können, müssen wir versuchen, sie in ihrer Welt zu sehen, in ihrem Rahmen von Zeit, Raum und Kultur. Denn hat nicht jeder Mensch **sein** Automobil, **seine** gute Straße und **sein** Kathedralen-Ziel[1]?*

Im 19. Jahrhundert weht ein Wind der Hoffnung durch Europa; die Auswanderung zahlreicher Europäer (darunter auch Millionen Deutsche) in die Vereinigten Staaten von Amerika ist europäischer Wunschtraum und Zeitgeist zugleich.[2]

---

[1] Der US-amerikanische Historiker und Ästhet Henry Adams, Enkel und Urenkel zweier US-Präsidenten, erklärte im 19. Jahrhundert: „ Meine Idee des Paradieses ist es, mit einem perfekten Automobil mit 30 Stundenkilometern auf einer guten Straße zu einer Kathedrale aus dem 12. Jahrhundert zu fahren". Er studierte in Harvard und Berlin und gestand in seinem wohl bekanntesten Werk „The Education of Henry Adams", dass er gegenüber allen im selben Jahr geborenen Kindern „vermutlich die besten Karten" gehabt habe. Aber dennoch sah er seine Zeit kritisch, bezeichnete sich als „eigentlich ein 18.Jahrhundert-Kind", denn mit dem Auflassen ethischer Einschränkungen zugunsten materieller Erfolge wollte er sich nicht abfinden.

[2] Es sei die „Aussicht in eine heitere Zukunft" und „ der rechtliche, kluge und tätige Mann" lebe „nirgends so gut, so frei, so glücklich als in Amerika, der ärmste besser als der in Europa zwei Stufen höher stehende", schrieb H. W. Eggerling im Todesjahr Goethes in seiner „Kurzen Beschreibung der Vereinigten Staaten von Amerika".

Therese lebte in Broos, dem westlichsten der 7 „Stühle" des Königsbodens, deutsch geprägter Gebietskörperschaften, die sich unter dem bezeichnenden Dach *Siebenbürgen* zusammenfanden. Broos war nicht groß. Zur Zeit ihrer Geburt zählte der Ort rund 5000 Einwohner, darunter etwa doppelt so viele Rumänen wie Ungarn. Sie selbst gehörte der zweitgrößten Volksgruppe an und war als einzige Tochter des Kaufmanns Franz L. als 1467-stes *deutsches* Gemeindemitglied in jene kleine Welt getreten; wahrlich kein Grund, an etwas Besonderes zu denken.

Zwischen den West- und Südkarpaten wand sich das Tal des Mieresch- Flusses, die Einfallsschneise, die schon vor 700 Jahren ihren Vorfahren aus Deutschland zur Einwanderung gedient hatte und die auch im 19. Jahrhundert das Tor zur westlichen Welt darstellte. Freiheit war im 12. Jahrhundert ein Wegweiser nach Osten, so wie er ab dem 16. Jahrhundert nach Westen zeigen sollte.

Thereses Vorfahren mussten wohl zu den ersten Einwanderern aus deutschen Landen gezählt haben, denn kam man aus dem Westen, siedelte man sich wohl dort an, wo der freie Königsboden begann. Kam man später, musste man schon weiter ostwärts ziehen. Der ungarische König Andreas II. hatte 1224 mit seinem „goldenen Freibrief" und bedeutenden Sonderrechten eine große Anzahl deutscher und flämischer Landwirte, darunter Leibeigene, aber auch Handwerker umworben, nach Transsilvanien, in die

---

Freiheit umzusiedeln und dort ihren eigenen Grund und Boden zugeteilt zu bekommen. Sie sollten neben der Urbarmachung des Bodens bei Bedarf auch als Abwehr gegen die häufigen Tataren- und Türkeneinfälle zur Verfügung stehen. Es war der Beginn der ältesten deutschen Diaspora. Entlang der rund 190 km langen , doch schmalen Ansiedlungsregion, die bis zu den Ostkarpaten reichte, waren um den Hauptstuhl Hermannstadt die 7 Stühle wie an einer Perlenkette aufgereiht[3]. Im Laufe der Zeit sollten die Einwanderer dort Burgen errichten, vor allem Kirchenburgen als Abwehr nach außen und als Schutz nach innen.

Therese erhielt den Namen ihrer Mutter. Als sie am 20. Mai 1883 das Licht der Welt erblickte, gab es in ihrer Familie schon den 3-jährigen Bruder Franz (offenbar war es das Erstgeburtsrecht, vielleicht aber auch die Pflicht, den Namen des Vaters/der Mutter zu übernehmen, was auch von den nachfolgenden Generationen beibehalten wurde). In den anschließenden 13 Jahren sollten noch 3 weitere Brüder hinzukommen: Richard, Hermann und Hugo.

Auch in einer Kaufmannsfamilie der so bodenständig geprägten Siebenbürger Sachsen wurde Ende des 19. Jahrhunderts Bildung großgeschrieben. Therese lernte wie auch ihre Brüder Latein und besuchte den Konfirmandenunterricht. Gerne spielte sie auf

---

[3] Um den Hauptstuhl Herrmannstadt wurden entlang der Haupteinwanderungsroute die 7 „Stühle", die Orte Broos, Mühlbach, Reußmarkt, Leschkirch, Großschenk, Schäßburg und Reps gegründet. Etwas später, im Jahr 1315 gestand der ungarische König Karl Robert nach einer *internen* Umsiedlung *„den Sachsen von Mediasch, Schelk und Birthälm"* die *„gleichen Freiheiten"* zu, wie denen der Hermannstädter Provinz, was zur Einrichtung zweier weiterer Stühle : Mediasch und Schelk führte.

dem Bösendorfer Flügel, den ihr Vater als „das größte Weihnachtsgeschenk in der Geschichte unserer Familie" aus Wien mitgebracht hatte. Allerdings wurde sie, freilich ohne erkennbare Begeisterung, von der Mutter auch in Haushaltsdinge eingewiesen. Am liebsten noch mochte sie über die seltene Seide streichen, ein Gewebe, das sie mit den Weiten ihrer Träume verband, nachdem Pfarrer Amlacher einmal über die Seidenstraße gesprochen und damit in ihrer Einbildung ein Bild hinterlassen hatte, das sie nicht mehr losließ. Der namhafte deutsche Geologe Ferdinand von Richthofen habe dieser seit rund 5.000 Jahren bestehenden Brücke zwischen Osten und Westen, Europa und dem Pazifischen Ozean diesen prägenden Namen „Seidenstraßen" gegeben.[4] Wege, auf denen Pilger und Mönche, Kaufleute und Heere zogen, aber auch Religionen und Ideen seit Tausenden von Jahren ausgetauscht wurden. Wie großartig musste es sein, jenseits der Horizonte zu leben!

Sauber machen, kochen, waschen und bügeln war Pflicht. Therese konnte, was man in der Küche gemeinhin ein karges Gericht nannte, mit mäßigem Geschick zubereiten; „Backen auf dem Backblech" zeichnete sie hingegen aus. Von allen Blechkuchen mochte sie am liebsten Buchteln, weil diese so problemlos in ihre Umhängetasche aus Hanf passten. Diese Tasche hatte sie mal auf dem wöchentlichen Jahrmarkt erworben und zeigte sie nach ihrer Rückkehr stolz dem Vater. In seiner sanften Art missbilligte er allerdings den Kauf: „Einmal mehr stellst du, mein Kind, damit den Knaben heraus".

---

[4] Ende des 19. Jahrhunderts. Der Name wurde später in alle Sprachen der Welt übersetzt, die Bezeichnung „Seidenstraßen" wurde übernommen für „das Zentrum" des Ursprungs der Zivilisation, Geburtsstätte der Weltreligionen, herausragendes Beispiel für interkulturellen Austausch und für das Gebiet der ersten hochkomplexen menschlichen Gemeinschaftsformen in und um urbane Zentren, deren Namen und Ruhm Jahrhunderte, ja Jahrtausende überdauerten.

Wo und wann immer sie konnte, suchte sie ihre Phantasie und Inspiration durch Lektüre aller Art zu beflügeln. Immer wieder griff sie in Vaters Bibliothek, häufig zum Klassiker Gustav Schwab und seinen schönsten Sagen des klassischen Altertums. Mit ihnen, ja mit der gesamten Genealogie der griechischen Mythologie war sie besser vertraut als mit der eigenen siebenbürgischen Geschichte. Natürlich klang aber auch für sie „Amerika" wie ein – wenn auch sehr fernes – Versprechen. In einem Almanach hatte sie gelesen, dass es einen regen Dampfschiffverkehr zwischen Hamburg, Bremen, Bremerhaven und New York gab, so dass sie, mal in Hamburg angekommen, nach Ellis Island am Hudson wollte, wo man in einem großen Auffanglager nicht nur registriert sondern auch über die ersten Schritte in Amerika beraten werden würde. Auch dieses Wissen gehörte zum Grundstock ihrer Tagträume, mit denen sie zu Bett ging, in der Hoffnung, zumindest im Traum dafür eine Fortsetzung zu finden.

Tatsächlich erlebte sie sich eines Nachts als Junge verkleidet, die langen Haare unter einer Schirmmütze versteckt, als Kohlenmädchen auf diesem Dampfer. War das nur ein Traum? Sie empfand es als Fingerzeig. Wie oft schon hatte der evangelische Pfarrer im mauerbewehrten Kirchenkastell von den *Fingerzeigen* Gottes gesprochen! Ein für andere Menschen vielleicht ephemerer Traum wandelte sich in ihrem Fall ins Gegenteil, er ergriff Besitz von ihr, schien eine seltsame Physis anzunehmen, Masse zu werden; sie empfand ihn als wohltuendes Gewicht des eigenen Schicksals. Denn trotz der von Pfarrer und Vater oft erwähnten Sonderrechte, die die sogenannten *Siebenbürger Sachsen* seit Jahrhunderten in dieser Diaspora genossen (wie stolz war man denn nicht auf die mögliche Pflege der eigenen Sprache und Kultur, auf die eigene Kirche und Gerichtsbarkeit!), empfand sie sich persönlich im Elternhaus unerfüllt und unzufrieden. Sie sah sich eingeschnürt in ein statisch empfundenes, monoton vorgezeichnetes

Leben in Broos, „das sind unsere Sitten und Bräuche", die für ein Mädchen in ihrem Alter auch im Entferntesten nichts davon zu bieten hatten, was die Lektüre aus der weiten Welt jenseits der Karpaten, ja selbst jenseits von Budapest und Wien für sie so spannend erscheinen ließ.

Die Jahre gingen dahin im Rhythmus der Jahreszeiten. Unter 4 Brüdern war sie meist der fünfte Bub. Instinktiv verwahrte sie sich dagegen, eine Rolle einzunehmen, die die meisten Mädchen suchten und mit Freude ausfüllten.

Als ihr älterer Bruder, Franz, ihr zum 18. Geburtstag ein aus Holz geschnitztes Dampfschiff schenkte, konnte sie es kaum erwarten, dieses auf den Brooser Bach zu setzen. Zwei Wochen mussten vergehen, bis Regen und Wind sich legten und die ganze Natur um sie herum blühte und sie am Bach entlang durch die Wiesen laufen konnte, um ihr Schifflein auf dessen Weg zum Mieresch zu begleiten. Denn wenn es die rund 4 km schaffen sollte, das hatte sie für sich ausgemacht, wäre das *der* Fingerzeig für sie.

An Weihnachten nach der Jahrhundertwende erhielt sie ein Geschenk, das sie verinnerlichte und fortan immer mit sich herumtragen sollte: die Partitur eines Walzers, der ihr Lieblingswalzer wurde, der ihr immer als erster in den Sinn kam, wenn man sie später mal bat, am Flügel etwas vorzuspielen: Waldteufels Schlittschuhläufer. Besonders liebte sie das Bild, wo aus der Ferne ein Pferdeschlitten nahte, den man an den Pferdeglöckchen wahrnahm, die, als er an den Schlittschuhläufern vorbeifuhr aus dem Pianissimo zum Forte anschwollen, um dann abzuklingen und schließlich in der Ferne zu verstummen.

Ansonsten war die Familie – nicht nur musikalisch - Wien-orientiert, wenn man das so sagen darf. Vater Franz sprach vom Heurigen, liebte Walzer und Operette, bat beim Frühstück ums Scherzel und den pikanten Aufstrich, und auf die Frage „Was wollt ihr essen?" klang es aus den Kindermündern unisono: Palatschinken und Kaiserschmarren. Wenn man sich zum sonntäglichen Musizieren zusammenfand, hörten die Kirchgänger auf ihrem Rückweg aus dem Haus beschwingte Musik wie „Geschichten aus dem Wiener Wald" oder „An der schönen blauen Donau", bevor der „ernste Teil " folgte, wo Mozart oder Bach nach Noten gespielt werden musste.

Therese lebte das Leben einer Minderheit, die sich sprachlich, aber auch glaubensmäßig absonderte. Die Protestanten A.B. sprachen in der Schule zwar Hochdeutsch, zu ihrem Selbstverständnis und Zugehörigkeitsgefühl gehörte hingegen der eigene sächsische Dialekt, den jeder Brooser freilich auch aus einem Dutzend anderer Dialekte Siebenbürgens problemlos heraushören konnte. Denn nicht nur die sieben Stühle hatten ihren eigenen Dialekt; weitere Unterschiede zeichneten auch die sie umgebenden Dörfer aus. Der Kontakt zur mehrheitlich rumänischen Bevölkerung war selten, meist funktional und die Kenntnis der rumänischen Sprache oft nicht nennenswert ausgeprägt. Einige Sachsen sprachen sogar besser Ungarisch, vielleicht auch, weil man sich hier mit dieser anderen zahlenmäßig vergleichbaren Minderheit eher verbunden fühlte. Gemieden wurden die Zigeuner, die an den Rand gedrängt, nur ab und an vor der Haustür auftauchten, um Kessel zu flicken oder die Plumpsklos zu leeren.

Der Übertritt ins neue Jahrhundert erfolgte überraschend ohne Dramatik; Hoffnungen, Erwartungen und Befürchtungen waren nicht eingetreten. Die klar abgegrenzten Jahreszeiten schienen mit noch größerer Unabänderlichkeit einander abzufolgen. Alles hatte seinen festen Platz, für alles schien es ein passendes Sprichwort zu geben, für jedes Wehwehchen ein „Omarezept". Man gehörte dazu, wenn man in all dies eingeweiht war. Diese Welt war auf Wandel nicht angelegt.

Doch im Winter 1904/5 , bei Schnee, Wind und Kälte wollte der Husten der Mutter nicht mehr vergehen, der Wandel zur Besserung trat nicht ein. Nicht nur halfen die Hausrezepte nicht mehr, schließlich legte auch der Familienarzt ihr Leben in Gottes Hand. Und Mutter Therese verlor ihren Kampf gegen die Lungenentzündung.

An ihrem Grab standen ein völlig aus dem Gleichgewicht gebrachter Vater, den sein 24-jähriger Sohn Franz stützen musste und die 3 Jugendlichen von 14, 12 und 9 Jahren, die sich instinktiv an Schwester Therese drängten.

Es fiel viel Schnee auf das frische Grab.

Täglich gruben sich die Spuren des Vaters in den Schnee um das Grab herum. Genau eine Woche später führten Vaters Spuren im Schnee nicht mehr nach Hause zurück.

Das Gehalt des kleinen Finanzbeamten Franz reichte nicht aus, die nun 5-köpfige Familie zu ernähren. Eines Nachts verschwand Therese. Sie sollte nie wieder nach Broos zurückkehren. Die Nachbarschaft kam zusammen und beschloss, Richard, Hermann und Hugo zu einem entfernten Verwandten nach Schäßburg zu schicken, dessen Einverständnis man vorher eingeholt hatte.

Die Nachforschungen nach dem Verbleib Thereses verliefen im Sand. Die Pistole des verstorbenen Vaters war eingezogen worden. Für die drei Brooser Jungs wurde Schäßburg an der Großen Kockel , die Stadt mit der wohl imposantesten Burg Siebenbürgens, zur neuen Heimatstadt.

Therese war von ihrer Entscheidung zutiefst überzeugt und entschlossen, ihren eigenen Weg zu gehen. Mit größtem Vertrauen folgte sie dem Fingerzeig, den sie erhalten hatte. Die ersten zwei Tage aß sie nur Buchteln, die sie selbst gebacken und in ihrer

Umhängetasche mit sich führte. In einigen davon war als Füllung jene Himbeermarmelade, die letzten Herbst noch von ihrer Mutter gekocht worden war. Daraufhin hatte die Mutter die Einweckgläser selbst, der Naschfinger ihrer Kinder wegen, auf das höchste Regal der Speisekammer gestellt. Die letzten zwei dieser Gläser hatte sich Therese „aus dem Versteck" von diesem obersten Regal geholt.

An einem feucht-kalten Nachmittag schloss sie zum Genuss der letzten mit dieser Marmelade gefüllten Buchtel die Augen und versuchte sich das Bild ihrer Mutter so klar wie möglich zu vergegenwärtigen; sie wusste, es war der letzte Rest greifbarer Erinnerung an sie. Als Therese die Augenlider wieder öffnete, stand ein Regenbogen vor ihr.

Von Budapest aus bot sich ihr die Gelegenheit, nach Berlin mitzufahren. Sie griff zu. Als sie durch die Straßen Berlins ging, öffnete sich ihr Herz; sie fühlte nicht Kälte und spürte den Hunger nicht. Sie klopfte an zahlreiche Türen und bot sich an als Kindermädchen, aber auch als Klavierlehrerin. Die Familie, die sie aufnahm, war von der überraschend anspruchslosen, auf Kargheit und Disziplin eingestimmten jungen Frau überrascht, lernte sie schon nach wenigen Tagen sehr zu schätzen; ihre zwei kleinen Söhne konnten bald einen Teil des Schlittschuhläuferwalzers spielen, den die beiden , wann immer jemand bereit war zuhören, stolz als die Annäherung des Pferdeschlittens ankündigten. Sechs mal die eine Taste, sechs mal die andere – es war einfach. Die Glöckchenmelodie, zudem von Kinderhänden gespielt, ersetzte bei Vater und Mutter, die ihre Freudetränen verdrückten, ein fehlendes Empfehlungsschreiben für Therese. Sie klatschten. Und Therese hatte zugestimmt, erst einmal nur mit Unterkunft und Essen entlohnt zu werden.

Aber ihr Temperament und ihr Wissensdrang waren nicht zu zügeln. Als sie einer Anzeige entnahm, dass Kohlenjungen für die Überfahrt eines Dampfers von Hamburg nach London gesucht wurden, bat sie um Verständnis der Eltern, verabschiedete sich von den zwei Jungs, verschwand in derselben Nacht aus dem Berliner Haus und fand sich pünktlich zur Anheuerung im Hamburger Hafen ein.

Es war alles vorgezeichnet. Sie hatte ihre Mütze herausgeholt und die Mädchenhaare darunter geschoben. Die Hose, die sie trug, hatte ihrem Bruder Franz gehört, bis mehrere Flicken sie in eine „Arbeitshose" verwandelten, die nur noch so selten aus dem Schrank geholt wurde. Niemand hatte sie vermisst , als sie Therese aus dem Brooser Elternhaus zum kärglichen Bündel rollte, das sie in ihre ungewisse Zukunft mit sich führte. Nun schippte sie Kohle und passte in dieser Arbeitskleidung gut ins Bild der anderen. Doch ihre Bewegungen verliefen mechanisch, ihre Gedanken verloren sich in der Ferne, sie flogen über den Horizont des Meeres hinaus, der sie als natürliche Grenze in zuverlässig unveränderter Entfernung auf der Fahrt begleitete. Ihr Lebensweg war vorgezeichnet.

Sie versuchte sich Ellis Island vorzustellen. Dann wischte sie das Bild aus den Gedanken. Erst wollte, nein musste sie richtig Englisch gelernt haben!

Die Erfahrung von Berlin half ihr auch in London. In einem großen Haus mit Bediensteten wurde sie als Gouvernante der Kinder aufgenommen. In ihrer Freizeit besuchte sie Englisch-Sprachkurse und machte, dank des täglichen Sprachgebrauchs im Haus ihrer Anstellung schnell große Fortschritte. Die gewählte Sprache ihrer Umgebung half ihr wesentlich dabei, in kürzester Zeit das Diplom einer Sprachlehrerin der englischen Sprache zu erwerben.

Bald darauf nahm sie Abschied von London und reiste nach Dijon. Mit dem Geld, das sie in Privatstunden (Englisch, Deutsch und Klavier) verdiente, bezahlte sie nicht nur ihren Aufenthalt in Frankreich sondern auch ein Französischstudium an der Universität. In der knappest dafür vorgeschriebenen Zeit erwarb sie ein

Französisch-Diplom. Mit dieser Zusatzbefähigung kehrte sie nach England zurück.

Das gehobene britische Englisch hatte es ihr angetan, sie wollte Shakespeare studieren und so wählte sie eine kleine Wohnung unweit des British Museum. Ihr Hausherr (sie fand den Terminus „landlord" so passend) A. D. Dixon, Esquire, vor kurzem erst aus Somerset nach London umgezogen; war ein sehr belesener Mann. Es gehörte zu seinen Grundsätzen, immer zu den ersten zu gehören, die literarische Neuerscheinungen kauften. Als er eines Tages sein eben erworbenes Buch begeistert Therese auf den Tisch legte, „You ought to read that!", sollte sie die folgenschwerste Begegnung mit Literatur in ihrem ganzen Leben haben. Hier lernte sie Rudyard Kipling[5] kennen, der 3 Jahre zuvor den Nobelpreis für Literatur erhalten hatte, wie Herr Dixon nachdrücklich erwähnte, und dessen „If" sie nun tief aufwühlte. Dieses „Wenn"-Gedicht der richtigen Lebenshaltung erschütterte und überzeugte sie gleichzeitig. Es war die letzte Konsequenz ihres eigenen Denkens. Das Gedicht sollte zu ihrem Leitbild werden. Dreizehn Zeilen, die alle mit „if" (wenn) beginnen, führen zum Schluss:

---

[5] Der Schriftsteller Henry James , selbst in New York geboren und erst nach vielen Jahren in Großbritannien zum britischen Bürger aufgerückt, hatte, wie auch Therese L., ein tiefes Verständnis für diesen wundersamen Dichter, R. Kipling, der aus der Ferne kam, dem in England die akademischen Fähigkeiten abgesprochen worden waren, ein Stipendium in Oxford zu erhalten, so dass ihn sein Vater nach Indien zurückholen musste, wo er als Schulleiter, Museumskurator und Journalist sein Brot verdienen sollte. Henry James schreibt: "Kipling strikes me personally as the most complete man of genius, as distinct from intelligence, that I have ever known" . Obwohl Kipling nur die ersten 16 Jahre seines Lebens in England verbracht hatte, schien ihn sein Heimatort Bombay derart geprägt zu haben, dass er in England immer ein Fremder blieb. Seine englische Ausbildung „verblasste allmählich" nach eigener Angabe und „kehrte nie wieder in voller Stärke zurück".

„Dann gehört die Erde und alles , was zu ihr gehört, dir – und was noch viel mehr zählt – dann bist du ein Mann, mein Sohn".[6]

Diese „If"-Sätze las Therese so oft, dass sie sie bald auswendig konnte. An dieser Richtschnur wollte sie sich fortan orientieren.

In Frankreich hatte sie sich fremd gefühlt. Nach England zurückgekehrt, erkannte sie, dass sich auch hier kein Heimatgefühl einstellen wollte, dass die Sprachkenntnis allein sie weder zur Französin noch zur Engländerin machte. Die Selbstverständlichkeit des Seins erwirbt man mit der Muttermilch, mit dem Wind, der die ersten Kinderhaare zerzaust, mit den Gerüchen aus Mutters Küche, dem Glanz des Sonnenscheins der ersten Lebensjahre und dem Gewicht und Versprechen der schützenden Nächte. Hier aber fühlte sie nun, in diesem großartigen Dichter Kipling, einen Seelenverwandten gefunden zu haben.

„Wenn du träumen kannst, die Träume aber nicht zu deinem Lebensziel machst, wenn du denken kannst, Gedanken aber nicht zu deinem Ziel werden lässt"[7].

Mittlerweile hatte sie – getrieben von Sehnsucht und Erwartung – schon zu viel Neues aufgesogen. Es gibt eine Stelle des Lebensweges, bis zu der eine Umkehr den Seelenfrieden wieder herstellen kann. Sie erkannte, dass sie diese Stelle längst hinter sich gelassen hatte.

---

[6] Fragment aus „If" von Rudyard Kipling (eigene Übersetzung)
[7] Fragment aus „If" von Rudyard Kipling (eigene Übersetzung)

Dampfschiff, New York, Privatlehrerin, Deutsch, Französisch, Klavier ... die Verlockung wühlt auf, doch sie findet keine Wurzel, Leben ist nur Getrieben-sein. Herbst, ein Blatt im Wind. Es ist die wachsende Unruhe vor dem Winter, der nach Sicherheit Ausschau hält. Wird deshalb allgemein Rückkehr, ja schon die Pläne dazu, mit Lockruf, Versprechen oder zumindest mit so großer Hoffnung verbunden?

Schon seit Wochen gehört sie täglich zu den ersten Leserinnen der großen Bibliothek des British Museum. Sie wählt immer denselben Tisch. Vor ihr die Werke Shakespeares und „If" von Rudyard Kipling. Vor einigen Tagen setzte sich ein Herr an den Nebentisch ihr gegenüber. Er las nicht. Auch vorgestern war er wieder da, und gestern. Er sitzt stundenlang da und blickt sie an. Sonst tut er nichts. Heute war er schon vor ihr da, saß , elegant gekleidet, aufrecht am Tisch und schien sie zu erwarten. Sollte sie sich einen anderen Tisch auswählen, ihm aus dem Wege gehen? Hatte sie etwas zu verbergen? Musste sie nachgeben? Gab es irgendeinen Grund, das Feld zu räumen?

Wenn du mit der Menge sprechen kannst und deine Haltung bewahrst oder mit Königen verkehrst und deinen Gemeinsinn nicht verlierst...[8]

Mit einer leichten Bewegung legte sie den Kopf noch etwas weiter zurück und ging an ihren mittlerweile angestammten Leseplatz, legte die Bücher behutsam auf den Tisch, blieb aber stehen. Dann sah sie dem Fremden direkt in die Augen und sprach

---

[8] Fragment aus „If" von Rudyard Kipling (eigene Übersetzung)

ihn an: „Mein Herr. Ich bin ein anständiges Fräulein aus Siebenbürgen (und sie benutzte dabei den im Englischen eingebürger-
ten französischen Ausdruck *Mademoiselle*). Entweder Sie haben
ernste Absichten, oder wenden Sie Ihre Blicke bitte anderswo-
hin."

Der Herr stand augenblicklich auf, stand kerzengerade vor ihr,
sah ihr fest in die Augen und sagte ohne jeden spöttischen Unter-
ton: „Gestatten Sie. Eduard Belmonte. Ich bitte um Ihre Hand, Mademoiselle. Würden Sie mich heiraten?".

Was immer in Therese vorgehen mochte, es war von außen
nicht zu erkennen. Wenn sie auch auf einer Wolke zu schweben
schien, ihre Fassung hatte sie nicht verloren. Statt dessen hörte sie
sich sagen: „Gut, so soll es sein. Gehen wir zum Standesamt". Er
half ihr die Bücher zurückzustellen. Dann verließen sie die Bibliothek.

Auf dem Weg stellte sich Herr Belmonte näher vor. Er sei Fran-
zose und stehe als hoher Offizier in Diensten Russlands, wo er
etwas außerhalb Moskaus ein Herrenhaus mit Dienerschaft sein
eigen nenne. In seinem Urlaub sei er erst nach Paris, dann nach
London gefahren. Von seiner Ehefrau habe er die Vorstellung,
dass sie intelligent sein müsse, in hoher Gesellschaft überzeugend
die Dame des Hauses geben könne und Freude am Ausritt mit
Freunden habe. Die meisten seiner Freunde seien verheiratet,
doch wenn er an die Damen denke, Therese – er kannte mittlerweile wenigstens ihren Namen - sei da anders. Er sah sie freundlich an und versicherte ihr nach der ersten längeren Sprechpause,
dass ihr in seinem Freundeskreis die Aufmerksamkeit der anderen sicher sein werde. Sie ertappte sich dabei, sich geschmeichelt
zu fühlen. Eine leichte Röte überzog ihr Gesicht. Er bemerkte das
sofort und zum ersten Mal lächelte er.

Auch sie erzählte, wenngleich in gewählter Knappheit, ihr Leben, da standen sie schon vor dem imposanten Gebäude des Standesamtes. Keiner von beiden hatte in London Freunde.

Sie suchten nach zwei Zeugen, fanden nur einen, der die Rolle wohl aus Neugierde übernahm. Als der Standesbeamte die genauen Daten von beiden erbat, musste er wiederholt feststellen, dass diese dem jeweils anderen wohl nicht vertraut waren. Konnte er unter diesen Umständen guten Gewissens die Heirat vollziehen? Doch wer war er zu entscheiden, ob dem hier geäußerten Wunsch der beiden entsprochen werden könne, ob die beiden hiermit ihren Sprung ins Glück oder ins Unglück taten?

Wenn du deinen Kopf behalten kannst, während alle um dich herum den ihren verlieren..[9].

Therese behielt einen erstaunlich kühlen Kopf. Wie weggeblasen waren ihre bislang treuen Begleiter, Gedanken zu Heimat und Heimatlosigkeit. Sie kämpfte gegen eine heraufziehende Eitelkeit, versuchte diese zu unterdrücken und statt dessen nur Freude und Genugtuung über die Aussicht auf ein spannendes, ereignisreiches Leben „jenseits des Horizonts" zu empfinden, was sie sich immer gewünscht hatte, und wusste, dass sie nun Russisch lernen musste. Immerhin war es ihre fünfte Fremdsprache und ihr Lateinlehrer hatte wiederholt gerne gescherzt, dass das Erlernen von Fremdsprachen ab der dritten leichter falle, wenn man eine gute Latein-Basis habe. Reiten würde ihr Eduard wohl auf seinen russischen Ländereien beibringen.

Es blieb wenig Zeit für einige Käufe und Besorgungen, die jetzt im Mittelpunkt standen. Es waren vor allem Dinge von der Liste

---

[9] Erster Vers aus „If" von Rudyard Kipling (eigene Übersetzung)

Eduards. Trotz wiederholter Bitten, war Therese nicht dazu zu bewegen, einen konkreten Wunsch zu äußern, den er ihr sofort hätte erfüllen wollen. Als sie jedoch ein seidenes Nachthemd sah, zeigte sie freudig erregt darauf und sagte: „Wenn du willst, dann kaufe mir das, bitte!".

Bald darauf machte sich das neue Paar auf den Weg nach Russland. Die Reise dauerte mehrere Tage und diese füllten sie von morgens bis abends mit Erzählungen in Anekdotenform. Hätte man sie gefragt, was sie gerade gefrühstückt, zu Mittag oder zu Abend gegessen hatten, sie hätten es vermutlich nicht gewusst. Aber die Vergangenheit beider wurde lebendig, wurde zur Gegenwart, zur gemeinsamen Kostbarkeit. Als sie schließlich in der Kutsche saßen und das zweistöckige russische Zuhause am Horizont das Ende des Weges ankündigte, hielt er ihre Hand. Köchin, Zofe, Gärtner und Stallmeister standen vor dem Haus und empfingen ein Liebespaar.

Im Haus durfte sie keinen Finger rühren. Dafür waren die Dienstboten da. Aber schon am zweiten Tag nach ihrer Ankunft saß ihr ein alter Russischlehrer gegenüber. Eduard hatte das in die Wege geleitet. Nach und nach brachte er seine Freunde ins Haus, um sie Therese vorzustellen. Es wurde zu einer Art Auflistung von „wer ist wer?" Und doch stand immer sie selbst im Mittelpunkt der Aufmerksamkeit, so wie das Eduard vorhergesagt hatte – auch wenn dies Interesse nicht nur Offenheit und Freundlichkeit entsprang. Verstohlene Blicke, der unüberhörbare Seufzer über eine verlorengegangene „Partie", ein unerwünschter Eindringling. Was hat sie, was ich nicht habe? Therese nahm es wahr, ließ sich aber von ihrem Ziel nicht ablenken; sie konzentrierte sich voll auf den intensiven Spracherwerb. Nachdem sie stundenlang in dieser neuen Sprachwelt verbracht hatte und nicht mehr aufnahmefähig war, hatte der aufmerksame Ehemann schon für die Belohnung gesorgt: die Pferde standen gesattelt da.

Die Ausritte waren für sie von Anfang an reines Vergnügen, auch wenn nicht wenige Intrigen einiger sogenannten Freunde Eduards, vor allem der Damen gesponnen wurden. Bezeichnend, sie gleich in den ersten Tagen zum Sprung über eine Mauer zu verleiten oder die Damen hinter ihrem Rücken kichern zu hören, weil ihr Russisch so „ulkig" klinge. Therese nahm es lächelnd hin.

Wenn du warten kannst und es nicht müde wirst zu warten, belogen wirst und selbst nicht lügst, gehasst wirst und selbst nicht hasst, und trotzdem nicht den Helden spielst und nicht zu weise Worte sprichst...[10]

Eduard wich bis auf die Sprachstunden ungern von ihrer Seite. Er ließ Stoffe und Schneider kommen, ließ sie herrlich einkleiden, liebte es vor allem, ihr Pelzmäntel-, -mützen und -handschuhe zu schenken. Am meisten liebte sie ihren hellbraunen Fuchsschwanz, den sie sich bei Ausfahrten oft um den Hals legte.

Als das erste große Fest im Haus Belmonte gegeben wurde, hörte man viel Französisch, denn Eduard hatte auch mehrere französische Kollegen mit ihren Ehegattinnen eingeladen. Die strahlenden Lichter im Ballsaal schienen mit der strahlenden Hausherrin zu wetteifern. Für viele der russischen Damen hatte zwar standesgemäß Französisch oder Deutsch mit zu ihrer Ausbildung gehört, aber angesichts der Eleganz und Sicherheit, mit der Therese an diesem Abend gleich in vier Sprachen ihre Gäste unterhielt, würde ihr wohl niemand mehr den Platz an Eduards Seite streitig machen können. Als dieser sie dann beiläufig bat, für

---

[10] Fragment aus „If" von Rudyard Kipling (eigene Übersetzung)

die Gäste doch etwas auf dem Flügel zu spielen und mit einem Hinweis auf den Schlitten im Schnee mit dem Schlittschuhläuferwalzer rechnete, überraschte Therese sogar ihn. Sie sagte langsam[11], doch in fehlerlosem Russisch: „Mein Russisch ist zwar noch sehr mangelhaft, aber russische Musik liebe ich schon seit meiner Kindheit", setzte sich an den Flügel und spielte mit beeindruckendem Einfühlungsvermögen Tschaikowskis Klaviersonate in Cis Moll.

So gehen drei unbeschwerte Jahre ins Land. Therese liebte ihren Mann, das Haus, die drei Birken an der Wegbiegung, überhaupt die Natur, die Ausritte, die Gartenfeste und die vielen Gespräche im eigenen Haus, wozu oft Persönlichkeiten aus Moskau und Petrograd anreisten und sich dann ein paar Tage bei ihnen aufhielten. Die russischen Gäste sprachen am liebsten über Dichtung und die neuesten Erkenntnisse oder Hypothesen in Bereichen der Geisteswissenschaften. Tief beeindruckt war Therese von der Feststellung eines Religionswissenschaftlers, dass sich letzte Wahrheiten in Worten nicht ausdrücken ließen und daher wirklich weise Lehrer davon Abstand genommen hätten, überhaupt etwas aufzuschreiben, um der Falle der angeblichen Worttreue zu entgehen[12].

---

[11] Sie hat das langsame Sprechen nie ganz ablegen können, auch wenn die Großstädte ihre Sprache geschliffen hatten. Man mag es als Mitgift Siebenbürgens sehen. Dorf- und Stadtdialekte wurden dort allesamt langsam gesprochen. Auch das gehörte für sie als Siebenbürgerin zur Selbstverständlichkeit des Seins.

[12] Von Buddha, Sokrates und Jesus ist nichts Schriftliches übermittelt worden. Heute wird in der sogenannten Worttreue (des geschriebenen Wortes) und vor allem der Auslegung dieses Wortes oft ein Grund für Fundamentalismus und Extremismus gesehen.

In letzter Zeit wurden die Gespräche immer ernster; sie verließen die lichten Höhen der Literatur und Philosophie und beschäftigten sich zunehmend mit der Dramatik im eigenen Land, dem Rüstungswettlauf in Europa und der zunehmenden Wahrscheinlichkeit eines großen europäischen Krieges.

Als im August 1914 der Erste Weltkrieg ausbrach, betraf dieser auch Russland; es stand an der Seite Serbiens, Frankreichs und Großbritanniens gegen das mächtige Deutsche Reich, Österreich-Ungarn und das Osmanische Reich.

Die Abwesenheit Eduards im Landhaus dehnte sich schon seit geraumer Zeit vom Unangenehmen zum Unerträglichen. Selbst erste Erfolge in Galizien kommentierte er in seinen Briefen mit großer Besorgnis.

Unvermittelt stand er eines Abends in der Eingangstüre, Therese rannte auf ihn zu, sie lagen sich minutenlang schweigend in den Armen. „Du musst gehen", sagte er schließlich, „es ist unumgänglich", so hatte sie für sich „incontournable" übersetzt. Sie hatte es sich angewöhnt, nicht geläufige Begriffe und Wortwendungen zum besseren Eigenverständnis immer noch zu übersetzen.

„Ich fürchte, dass es nach Westen kein Durchkommen mehr gibt", erklärte er. Auf ihre Gegenfrage: „Was geschieht mir dir?", zuckte er nur mit den Schultern. In seiner Körpersprache meinte sie, Resignation wahrgenommen zu haben. „Unsere Korrespondenz wird über dieses Haus laufen" sagte er und ahnte nicht, dass es nur wenige Monate später überfallen, geplündert und dem Feuer preisgegeben werden sollte.

Therese packte nur wenige Sachen zusammen. Vielleicht wollte sie sich damit selbst zwingen, an eine bloße Unterbrechung und an ein gutes Ende zu glauben. Zurückzukehren und dann so weiterzuleben, wie sie das bislang getan hatte. Von all ihren teuren Kleidern nahm sie nur das seidene Nachthemd und den Fuchsschwanz mit. Der Kutscher brachte sie mit ihrem kleinen Holzkoffer zum Bahnhof, der voller Menschen war. Eduard hatte ihr geraten, kurzfristig in den Süden zu fliehen, wo er sie sicherer wusste. Sie kaufte ihre letzte Moskauer Zeitung, aber eine Fahrkarte in den Süden bekam sie nicht. Sie lief zum Bahnhofvorsteher, redete auf ihn ein und schien ihn schließlich überzeugt zu haben, denn sie bekam ihre Karte. Blickte man genauer hin, konnte einem allerdings nicht entgehen, dass sie sich von ihrem teuren Fuchsschwanz hatte trennen müssen.

Zweieinhalb Tage lang rollte der Zug in Richtung Kaspisches Meer. Die Zeitung hatte sie zum wiederholten Male durchgelesen. Längst kannte sie Namen und Anschrift eines Herrn in Baku, der eine Annonce in die Zeitung gesetzt hatte: Die Suche nach einer Europäerin, die seine zwei Kinder in Englisch und Französisch unterrichten sollte. Natürlich ein weiterer Fingerzeig. Allmählich sah sie im Privatunterricht ihre Berufung.

Sie fand das Haus, wurde freundlich aufgenommen und lehrte mit zunehmender Freude die beiden Kinder, anfangs nur in den beiden Fremdsprachen, nach und nach auch als Hausaufgabenhelferin in anderen Fächern. Die Häufigkeit, mit der sie anfangs Briefe an Eduard schrieb, nahm allmählich ab, wohl auch, weil – selbstredend – kein Antwortbrief bei ihr eintraf. Schließlich stellte sie das Briefeschreiben ein. Nun konzentrierte sie sich ganz auf die beiden Kinder im Haus, die große Fortschritte machten. Sie ging in ihrer Tätigkeit auf, sie sah sich als geborene *преподавáтельница*(Lehrende).

Wenn du all deine Gewinne zu einem Haufen türmst ,

und ihn auf Kopf oder Zahl riskierst, und verlierst

Und wieder von vorne beginnst, und nie ein Wort über den Verlust verlierst[13]

An ihren freien Nachmittagen konnte sie es sich aussuchen: zur Erlöserkirche zu gehen, wo ein evangelischer Gottesdienst in deutscher Sprache angeboten wurde, zur neuen römisch-katholischen Kirche der Maria der jungfräulichen Empfängnis, zur russisch-orthodoxen Kirche des Erzengels Michael oder – und da zog es sie immer wieder hin, zum Palast des Shirvan Shahs. Hier ging es um eine Architektur, die sie fesselte, die sie ansprach. Der Palast Divanhane, die Moschee mit dem Minarett, das Mausoleum, das Badehaus.

Hier empfand sie es nicht als Niederlage sondern vielmehr als Lektion in Bescheidenheit, als Anschlag auf jeden möglichen Anflug von Hybris, dass ihre Sprachkenntnisse wertlos waren, dass die Verständigung auf andere Art, auch ohne Laut-Schrift-Symbolik erfolgen konnte und dennoch bereicherte. Sie sah darin ihren Gedanken bestätigt, dass Wahrheit immer auf Vielfalt verweist und jede Enge das naturgegebene Spektrum der Möglichkeiten beschneidet.

So wie beim Tanz der Körper spricht, ist es bei der Skulptur die Hand, so spricht in dieser Architektur der Stein und die Arabeske, die Volumina und ephemere Linien, so sind es Wendeltreppen, Gewölbe, Portale und Innenhöfe – Steine, die hier seit 600 Jahren ihre Geschichte erzählten. Sie dankte es dem Stein, dass er ihren Gedanken und Gefühlen freie Bahn ließ.

---

[13] Fragment aus „If" von Rudyard Kipling (eigene Übersetzung)

Was sie anfangs nur irritierte, grub sich allmählich immer tiefer in ihre Gefühlswelt: das veränderte Verhalten des Hausherren. Nicht dass er seine geschliffenen Formen aufgegeben hätte; dafür hatten ihn seine Bildung und seine Erziehung zu sehr geprägt[14]. Aber es waren eben die kleinen, feinen, wachsenden Aufmerksamkeiten, die zu erwidern oder von sich fernzuhalten, sie in große innere Not brachten. Vielleicht aber auch die Angst, die eine oder andere Geste übersehen zu haben. Auch wenn sie sich zu gesteigerter Disziplin und Zurückhaltung zwang, konnte sie es nicht erreichen, ihrer inneren Unruhe Einhalt zu gebieten. Er bat sie des öfteren, ihm „kleine", „irgendwelche" Geschichten aus ihrem Leben zu erzählen. Sie versuchte sich dann im Unverfänglichen, wie der Beschreibung des Glücksgefühls beim Streichen über ein Seidenkleid ihrer Mutter im Elternhaus. Am darauffolgenden Tag, bat er sie nach dem Unterricht, mit ihr Tee trinken zu dürfen. Hier überreichte er ihr „ein kleines Geschenk": einen hauchdünnen Seidenschal, der sie der Geste aber auch der in ihren Augen einmaligen Schönheit wegen überwältigte; sie brach in Tränen aus, ein willkommener Grund für ihn, sie schützend in die Arme zu nehmen. Ein unkontrollierbarer Schauer durchlief sie. Sie schloss die Augen.

Hier war das Alarmzeichen: Ihre Freude am Lehren nahm ab.

Es mag eine Fügung des Schicksals gewesen sein, wie sie es selbst sah und später auch so berichtete, dass sie beim Spaziergang eine Straßenbekanntschaft machte, bei der sich nach einem kurzen Gespräch die Möglichkeit ergab, ein Schreiben an das französische Offizierskorps zu schicken, das Eduard sicherlich erreichen würde. Tatsächlich erhielt sie wenige Tage später eine Depesche von ihm, sie möge unverzüglich nach Moskau zurück-

---

[14] Goethe hätte es die Erkenntnis einer Wahlverwandtschaft genannt

kehren, weil er von ihr Abschied nehmen wolle. Als hoher zaristischer Offizier sehe er sein Leben täglich bedroht und wolle sie in Sicherheit wissen.

Ihr Verstand kämpfte gegen das Gefühl, sie sah sich hingerissen zwischen Pflichtbewusstsein und Schwermut, die sie zurückhielt, zwischen Dienst und Elegie.

Wieder konnte und sollte ihr niemand die Entscheidung abnehmen, das war der so bittere Preis der Unabhängigkeit.

Sie nahm Abschied. Ein Wolgadampfer brachte sie zurück nach Moskau, eine Kutsche zum Hotel, das Eduard als Bezug für seine derzeitige Adresse angegeben hatte. Als er vor ihr stand, schien er etwas abgemagert zu sein, hatte einen unruhigen, gehetzten Blick, doch sein Auftritt war an Eleganz kaum zu überbieten. Er danke ihr, dass sie gekommen sei. Zarengetreue würden jetzt überall verfolgt, sein Leben hänge am seidenen Faden. Sein Wunsch sei es, sich in aller Form von ihr zu verabschieden, denn er wolle wenigstens sie in sicherer Entfernung in London oder Hamburg wissen. Er müsse allerdings noch kurz verreisen, Notwendiges erledigen, um ihre Flucht vorzubereiten; solange solle sie sich bitte noch gedulden. In wenigen Tagen werde er zurückkehren.

Die Dringlichkeit, mit der er sie aus Baku zurückgerufen hatte, schien angesichts dieses Empfangs nicht nur ungerechtfertigt; sie fühlte sich verletzt. Welchen Preis hatte sie für dieses Wiedersehen zahlen müssen?! Statt in die Arme der Wiedervereinigung fiel sie in die Fänge der Einsamkeit und Ungewissheit, des Abwartens auf den Termin endgültiger Trennung.

Als sie mit diesen Gedanken alleine in der Wohnung in Moskau zurückblieb und sie die Tränen zu übermannen drohten, stand sie so würdevoll auf, als würden die Blicke aller Gäste auf ihr ruhen, die sie einst in ihr schönes Haus am Rande dieser Stadt geladen hatte. Sie strich über Bettdecke und Kissen, öffnete den Schrank und strich über all die dort hängenden Anzüge, Hemden und Hosen. Als dabei ein Papier in einer Jackentasche knisterte, nahm sie es gedankenverloren heraus und warf es weg. Dabei sah sie, dass es beschrieben war. Sie hob es wieder auf. Es war die Anschrift einer Frau in Kiew, geschrieben in so wohlgeformter Weise, wie sie es ihren Schülern beibrachte, doch gleichzeitig so vollendet, dass dies nicht von Kinderhand sondern vermutlich von einer Frau stammen musste. Sie stand steif da, hellwach und entwickelte in Gedanken Schritt für Schritt die klare Abfolge dessen, was sie nun tun würde.

Sie ließ sich zum Bahnhof fahren, kaufte eine Karte für die Eisenbahn nach Kiew und ließ sich dort von einer Kutsche zur Adresse fahren, die auf dem Zettel stand. Vor einem eleganten Haus mit der Nr. 17 läutete sie und sagte dem öffnenden Diener, sie möchte ihren Mann, Herrn Belmonte sprechen. Der Diener war verwirrt, der Herr sei ja zusammen mit seiner Frau im Haus, sie möge gehen und stellte sich ihr unmissverständlich in den Weg. Er war ein treuer Diener seiner Herrin. Irgendwoher muss Therese aber den Durchsetzungswillen und die physische Kraft genommen haben, dieser Abwehr zu widerstehen, denn sie schaffte es, gegen den Widerstand des Dieners das Haus zu betreten.

Wenn du Herz, Nerv und Sehne zu Diensten fordern kannst, wenn diese ihr Ende längst schon erreicht,

und in deinem Körper nichts mehr ist, als der Wille zu befehlen: Halte durch![15]

---

15 Fragment aus „If" von Rudyard Kipling (eigene Übersetzung)

Der wohl nicht zu überhörende Lärm rief Herrn Belmonte ins Vorzimmer, wo sie stand. Die Farbe wich völlig aus seinem Gesicht. In seinen Augen erkannte sie Angst, ja Panik, als er sie flehentlich bat, unverzüglich das Haus zu verlassen. Er komme umgehend nach und werde alles erklären. Sie war ganz ruhig geworden, sah ihn sicher an und sagte langsam und klar: „ Eduard, ich verstehe nur zu gut. Ich zürne dir nicht. Après tout, ich bin ja deine angetraute Frau".

Wer kann in Worte fassen, was in den sich Gegenüberstehenden in diesem Moment vorgeht, welchen Tanz Gedanken und Gefühle führen?

Für den Blick von außen war sie ein Muster an Selbstbeherrschung, als sie in den Zug zurück nach Moskau stieg. Sie bewegte sich mit der Selbstverständlichkeit und Präzision eines Schlafwandlers. Sie räumte die Wohnung auf und ließ sich aus dem angrenzenden Hotel für den nächsten Tag ein exquisites Essen zusammenstellen.

Als tags darauf Eduard seine Wohnung betrat, blickte er auf einen festlich geschmückten Mittagstisch. Sie wirkte beherrscht und souverän. Als sie ihn zu Tisch bat, lehnte er vehement ab. Nach all dem Vorgefallenen bliebe ihm als Offizier nichts weiteres zu tun, als unverzüglich seinen Koffer zu packen. Er übernehme für alles selbstverständlich die Verantwortung. Sie habe ihn beschämt; doch fühle er sich zu Recht gedemütigt. Die Hilfe, die sie ihm – nun doch unter Tränen – anbot, den Koffer zu packen, verweigerte er. Die könne er nicht annehmen. „Bring dich jedoch in Sicherheit! Es droht Gefahr. Nimm mit, was immer du willst und kehre in deine ursprüngliche Heimat zurück!" Mit diesen Worten öffnete er auch schon die Türe, die ein stürmischer Wind nun ganz aufriss. Dann rief er noch in den Sturmwind hinein: „Je te remercie pour ton bon coeur"[16].

---

[16] Ich danke dir für dein gutes Herz.

Es war der 7. November 1917. In derselben Nacht [17] sollte die „Oktoberrevolution" ausbrechen.

Am nächsten Morgen schon stand sie mit einem kleinen Koffer am Bahnhof. Das seidene Nachthemd trug sie unter Bluse und Rock, den Seidenschal um den Hals. Der Rest des Reisegepäcks ist der Rede nicht wert. Den Kragen des Mantels hatte sie hochgeschlagen. Am Schalter stellte sie den Koffer ab, und sprach mit dem Beamten die wenigen noch existierenden Zugverbindungen in Richtung Westen durch. Sie stellte fest, dass es für sie nur eine Möglichkeit gab, nämlich erst einmal nach Polen zu reisen. Sie kaufte die Bahnkarte. Als sie nach dem Koffer greifen wollte, war er weg. Sie verließ Russland mit weniger als dem, womit sie angekommen war, nur mit den Kleidern an ihrem Körper und der Fahrkarte in ihrer Manteltasche. Dabei war zumindest der Zeitpunkt glücklich gewählt, denn in den folgenden Jahren begann sich in Europa das Visumsystem durchzusetzen und sie besaß, wie die meisten aller Russen, die nun auch in den Westen drängten, keine gültigen Ausweispapiere.

Wenn du Triumpfen und Katastrophen mit derselben Haltung begegnest, die diesen beiden Betrügern zukommt...[18]

---

[17] In Russland galt noch der Julianische Kalender. Die Nacht vom 24. auf den 25. Oktober entspricht nach Gregorianischem Kalender dem Übergang vom 7. auf den 8. November. Die sogenannte Oktoberrevolution begann mit der Absetzung der Regierung in Petrograd und der Machtübernahme der Sowjets.
[18] Fragment aus „If" von Rudyard Kipling (eigene Übersetzung)

Eigentlich war es eine Flucht aus dem Regen in die Traufe[19]. Viele Adelige und Aristokraten Russlands wählten in den nächsten Wochen, Monaten und Jahren diesen Fluchtweg, so dass Therese bald den Begriff „russisches Berlin" hörte, womit die vor allem reichen Russen gemeint waren, die sich in der deutschen Hauptstadt zusammenfanden und aufgrund ihres beweglichen Vermögens dort gut leben konnten und von sich reden ließen.[20] Therese war dort mittendrin. Ihr Vermögen bestand zwar „nur" in der Kenntnis dreier Fremdsprachen, mal abgesehen von ihrer deutschen Muttersprache und einer guten Klavierausbildung, aber das war es gerade, was in diesen Kreisen, im „russischen Berlin" gefragt war. Sie bewegte sich hier wie ein Fisch im Wasser und erkannte doch zunehmend, dass sie sich in einem Kreis von Fremden in der Fremde befand. Sie hatte gut verdient, ging elegant gekleidet zu ihren Privatstunden, entschied schließlich ohne jede Vorankündigung aber auf den Tag genau, 20 Jahre nach Verlassen des Elternhauses, dass es nun an der Zeit sei.

Ihr erstes Ziel war Schäßburg, diese mittelalterliche Stadt mit der imposanten Burg, von der im Elternhaus des öfteren gesprochen worden war. Sie nahm sich ein Zimmer im Hotel „Stern". Sie hatte herausgefunden, dass einer ihrer Brüder, Richard, hier leben sollte, besorgte sich die Anschrift und fand nach kurzer Suche das Haus an der gepflasterten Auffahrt zum Stundturm. Im Hotel

---

[19] Flucht vor der Revolution und dem Bürgerkrieg in Russland in das kriegsgebeutelte, von Krisen erschütterte und unter Inflation leidende Deutschland

[20] Laut Angaben des Roten Kreuzes soll es bis 2021 rund 1,5 Millionen Flüchtlingen bei der Flucht aus Moskau direkt geholfen haben. Man könne von insgesamt 2 Millionen Flüchtlingen ausgehen.

hatte sie in dem schönen Schriftzug einer Sprachlehrerin die Mitteilung geschrieben: „ Wenn du mich sehen willst, komme zum Hotel „Stern" auf Zimmer 9. Therese".

Gerade als sie den Zettel in den Briefkasten einwarf, kam ihr Bruder aus dem Haus, sah vom oberen Treppenabsatz eine in Schwarz gekleidete elegante Dame an seinem Tor stehen und erlebte einen Moment der Verblüffung, denn er meinte, seine seit Jahren tot geglaubte Schwester erkannt zu haben. Verwirrt und aufgewühlt lief der die Treppen schneller als üblich hinunter, öffnete seinen Briefkasten und fand den Zettel.

Bald darauf standen sie sich gegenüber, unfähig sich zu umarmen, sprachlos.

Anders rauschen die Brunnen, anders rinnt hier die Zeit ...
Roter Mond, vieler Nächte einzig geliebter Freund.[21]

Heimat, du hast sie wieder.

Aber ist sie das?

Dem Himmel dankbar für die Rückkehr der verlorenen Schwester, vermittelte Richard ihr eine Anstellung als Sprachlehrerin am dortigen Gymnasium.

Doch die kleine Stadt, selbst das Gymnasium rieben an ihr wie eine Reibe an der Zitrone. Sie aber konnte nicht anders, verschenkte ihren Duft, der niemanden erreichte; vielleicht trug ihn

---

[21] Fragmente aus „Siebenbürgische Elegie" von Adolf Meschendörfer

der Wind auf die Breite.[22] Andererseits wusste sie, dass sie nicht klagen durfte und dies auch nicht tun würde. Aber für solch ein Leben war sie nicht geboren. Diese Art von Sesshaftigkeit, diese vorgezeichneten Bahnen, die Absehbarkeit des Seins waren nicht das Ihrige. Ihrem Antrieb zur Suche nach dem eigenen Selbstverständnis vor der Herausforderung sah sie den Nährboden entzogen.

Temperamentvoll und entschieden nahm sie Abschied von Schäßburg, vor allem aber von ihrem Bruder. Wird er sie verstehen und ihre Entscheidung nachvollziehen können? Sie wisse nicht, ob er darum ernsthaft bemüht war und falls ja, ob er dafür Verständnis aufbringen könne. Sie dankte ihm für seine guten Absichten und verließ die Stadt.

Gesellschafterin und Privatlehrerin - erst in Kronstadt, dann in Herrmannstadt.

War es Ehrgeiz, eine Neigung zur Übertreibung, war es Flucht nach vorn, die sie nach kurzer Zeit mit einem Übermaß an Privatstunden überfrachtet sah? Von 7 Uhr früh bis 22 Uhr lief sie von einem Schüler zum anderen, aß unterwegs ein paar Brotkrusten, holte sich im Vorbeilaufen auf dem Gemüsemarkt überreife Früchte zum halben Preis und aß spät in der Nacht Reste des Vortagsessens.

Nach wenigen Jahren kaufte sie ein Haus in der Schullerusstraße Nr.3, zog selbst in den Kellerraum ein und vermietete den

---

[22] Flacher Bergrücken mit alten Eichen in Stadtnähe

Rest[23]. Das dazu gehörige schöne Gärtchen mit dem mächtigen Nussbaum zog manchen Blick der bummelnden Fußgänger auf sich, darunter den von Heinrich Krafft, einem 26 Jahre älteren, pensionierten Mayor, der sie wiederholt ein- und ausgehen sah und sie schließlich ansprach. Auf seiner Liebe und Bewunderung sollte fortan die längste und am geringsten hinterfragte Beziehung ihres Lebens fußen.

Auch wenn es immer ihr Anliegen war, ihre Gefühle im Griff zu haben, erkannte Heinrich recht bald ihre unausgesprochene Sehnsucht nach England und ermöglichte ihr einmal ein Wiedersehen mit London und dem British Museum. Auch begann er nun jeden Morgen vor ihr aufzustehen und brachte ihr ein kräftiges Frühstück ans Bett, nachdem sie sich auch weiterhin von ihrem dichten Privatstundenprogramm nicht lösen konnte. Er geriet immer in Feiertagsstimmung, wenn er sie zu einem Spaziergang hatte überreden können; sie hingegen reagierte regelmäßig angespannt und nervös, sobald er den Wert der Entspannung und einer Ruhepause auch nur andeutete. Es gehörte zu ihrem Lebensrhythmus, dass sie wiederholt auf die Uhr sah, sicherlich auch um die nächste Privatstunde nicht zu verpassen.

Wenn sie hingegen über sich selbst nachdachte, ihre persönliche Haltung und Lebenseinstellung reflektierte und ihre Gedanken auf dem Weg zum nächsten Schüler in diese Richtung lenkte, was ja zu einer Konstante ihres Lebens geworden war, ebbte ihre Rastlosigkeit ab, so als übertrete sie eine unsichtbare Schwelle von der Außen- in die Innenwelt.

---

[23] Im Laufe ihres Lebens kaufte sie acht Häuser in Herrmannstadt (Sibiu), lebte aber immer mehr als bescheiden und verwarf jeden Gedanken an Entspannung und Genuss.

Es erfasste sie eine wohltuende Ruhe, sie rief ihre Lieblingsgedanken auf. So erinnerte sie sich gerne an Gespräche mit russischen Philosophen, Dichtern und anderen Künstlern und Intellektuellen, die in ihrem Haus unweit von Moskau ein- und ausgegangen waren. Natürlich sprach man oft über *dusha*, die Seele, zweifelsohne ein Lieblingsthema der Russen, das vor allem in den Volksliedern und der Dichtung erfahrbar sei; einige Male sprach man aber auch – und das hatte sie elektrisiert - über Buddha, den großen Lehrer aus Nordindien, der im heutigen Bodhgaya[24] so lange unter dem Bodhibaum zu sitzen gelobt hatte, bis er die Erleuchtung erlange. So habe er sechs Jahre lang dort gesessen. Er solle dafür sogar eine Zeitlang nur jeweils *ein* Reiskorn pro Tag gegessen haben, um den Körper unter seinen Geist zu zwingen.

Anekdoten wie diese (asketische Zwänge zur Erreichung der Erleuchtung gebe es in unzähligen Weisen und Formen, so erinnerte sie sich an die Schilderung eines Asketen, der jahrelang auf einem Bein stand, das andere hochgebunden oder an das oft abgelegte Schweigegelübde, das gleichfalls über Jahre gehen konnte) und ähnliche Gebote und Schwüre gehörten in Indien mit derselben Selbstverständlichkeit zum Tagesgespräch wie die Plauderei über das Wetter in England.

Kipling habe sicherlich das eine wie das andere aus erster Hand gekannt. Schließlich sei es unmöglich, durch Bombay oder Lahore zu gehen, ohne das enorme soziale Gefälle zu erkennen, die bittere Armut, gleichzeitig aber auch die Würde zu erleben, mit der die Betroffenen damit umgehen. Da waren ihre „geplozten"[25] Tomaten, die kalte „Gries-in-Milch" vom Vortag und das

---

[24] Wörtliche Übersetzung: „Ort der Erleuchtung", Stadt in Nordindien. Er soll dort sechs Jahre lang gesessen und meditiert haben.

[25] Siebenbürgisch-Sächsisch für angeschlagen und damit schadhaft (vor allem bei Obst)

Altbrot, das sie zu einem Bruchteil des Preises vom Bäcker erhielt, nahezu Delikatessen.

Heinrich hingegen kannte Kargheit, Mangel und Entbehrung natürlich aus seiner Dienstzeit und reichlich aus dem Weltkrieg – und er hatte gelernt, ihnen auch etwas Positives abzugewinnen, sie als Stütze des Charakters sogar zu schätzen gelernt. So gab es zwischen beiden eine, wenn auch unausgesprochene, tiefe, sie verbindende Übereinkunft, die Schlichtheit, Bescheidenheit und Menschlichkeit hochschätzte und den Genuss in seinen hedonistischen Ausformungen genau so verwarf wie die blinde Grundsätzlichkeit bei der Befolgung von Normen, eine Gemeinsamkeit, die auch als eine Spielart der Liebe verstanden werden kann. Zumindest mag es Therese bei diesem Generationen-Altersunterschied so gesehen haben. Vermutlich war ihr aber auch bekannt, dass sie nach 10-jähriger Ehe mit Heinrich eine stattliche Rente erwarten durfte.

Der Ex-Mayor beschäftigte sich erst einmal mit Naheliegendem und verfügte, dass an der Rückseite des Hauses ein Anbau errichtet werde, damit Therese aus dem Keller ans Tageslicht komme. Es entstand ein eigenwilliger Turm mit Wendeltreppe, die zu einem großen Raum führte, an den zum Nussbaum hin auch noch eine Terrasse mit schmiedeeisernem Geländer angebaut wurde. Der Raum war groß genug, das Klavier, ein Sofa und ein Bett unterzubringen. Hinter einem Vorhang stand sogar eine Badewanne. Nur das Kochen musste man entweder auf einem kleinen Rechaud oder immer noch im Kellergeschoss erledigen.

Heinrich saß, wenn er im Turm alleine war, gerne auf der Terrasse und las. So konnte er schon vom weitem Therese erkennen, wenn sie um die Ecke bog. Manchmal erzählte sie Anekdotenhaftes, das ihr zugestoßen war, ab und an aber wanderten die Gedanken viel weiter und das Gespräch der beiden führte sie in ferne

Länder, in andere Kulturen, andere Sprachräume. Wenn er darum bat, spielte sie auf dem Flügel. Dankend nahm sie an, dass sie immer zum fertig gedeckten Tisch kam, ohne dieses jedoch besonders zu betonen.

Im 9. Jahr ihrer Ehe hatte Heinrich wie üblich die Hühner auf dem Hof gefüttert und stellte mit Besorgnis fest, dass ihm der Anstieg über die Wendeltreppe den Schweiß auf die Stirn trieb. Mit militärischer Disziplin zwang er sich hoch bis zum Lehnsessel und umklammerte die Armlehnen. „Therese, mit mir geht es zu Ende", waren seine letzten Worte. Er sei wie ein Offizier gestorben, sagte sie später. „Er hat mir selbst in letzter Stunde keine Mühe bereitet". Sie hatte es geschafft, ihn aus dem Sessel auf das Bett zu legen.

Lange blickte sie auf das fahle Gesicht im Mondlicht, ging dann langsam zum Flügel und spielte für ihn Beethovens Mondscheinsonate. Sie machte kein weiteres Licht in der Wohnung, legte sich statt dessen zum „Schlafenden", schloss ihn in die Arme, um ihn „zu wärmen" und verblieb so die ganze Nacht über im Dunkel. Am nächsten Morgen holte sie den Arzt, um den Totenschein ausstellen zu lassen. Der Wandkalender sollte fortan den 10. November 1936 zeigen. Sie rührte ihn nie wieder an.

Wenn keiner dich verletzen kann, nicht Feind noch lieber Freund,

und alle mit dir rechnen, doch nicht in großem Maß...[26]

Ihre Schüler konnten weiterhin mit ihr rechnen; sie wussten nicht, dass nun eine Witwe zu ihnen kam. Vielleicht hatten sie

---

[26] Fragment aus „If" von Rudyard Kipling (eigene Übersetzung)

auch nicht erkannt, dass sie vorher verheiratet gewesen war. An ihrem Tagesrhythmus änderte sich nichts.

Mit dem Ersparten kaufte sie ein nächstes Haus. Den Heimweg wählte sie weiterhin so, dass sie über den Stadtmarkt ging, um restliches Gemüse zu einem Spottpreis oder auch geschenkt mit nach Hause zu nehmen.

Als im August 1944 russische Truppen ins Land einmarschierten, kam bei ihr keine Freude des Wiedersehens auf. Dunkle Wolken zogen heran. Sie wusste in groben Zügen Bescheid, was sich seit ihrer Flucht in Russland ereignet hatte und sie wollte sich so schnell wie möglich von ihrem Immobilienbesitz trennen. Sie verschleuderte, was sie besaß. Den Erlös legte sie in Schmuck und Edelsteinen an, doch leider ohne den Unterschied zwischen echtem und Falschgold, zwischen Diamant und Glas erkennen zu können. Es war Krieg und wenig außer dem eigenen Überleben fiel jetzt ins Gewicht. Die Transaktionen waren wirtschaftlich gesehen ein Fiasko.

Wenn du dein Selbstverstrauen bewahren kannst, obwohl alle Menschen an dir zweifeln, und du dabei auch noch ein Ohr für ihre Zweifel hast...[27]

Erst Jahre später, als Großnichte und Großneffe mit ihren Eltern bei ihr den Sommer verbringen durften, begannen im familiären Umfeld Episoden aus ihrem vergangenen Leben bekannt zu werden. Auch wenn ihre Vergangenheit nur tröpfchenweise ins Licht der Wahrnehmung rückte, lösten diese Episoden bei den Zuhörern in unterschiedlicher Reihenfolge Bewunderung, Neid,

---

[27] Fragment aus „If" von Rudyard Kipling (eigene Übersetzung)

Aufwallung, Spott, Entrüstung und Unverständnis aus, aber die Faszination des Außergewöhnlichen blieb.

Als das rumänische Finanzministerium 1947 den zweiten Leu einführte, hatte sie gerade das letzte Haus verkauft, sich in Bargeld bezahlen lassen und den ganzen Betrag in ihrem Turm versteckt. Die Währungsreform kam über Nacht – und sie verlor den Erlös. Sie klagte nicht. Aus der Lektüre der Klassiker war ihr bekannt, dass Wellen bis an den Himmel schlagen konnten, nur um danach wieder ins Tal stürzen zu müssen; Veränderung ist eben die einzige Konstante im Leben.

Täglich stieg sie die Wendeltreppe hinauf und hinunter, täglich musste ein Eimer Wasser hochgetragen werden. Links und rechts der Treppenstufen lagen je zwei Scheite Holz. Da konnte der Winter noch so lange dauern, sie würde kein zusätzliches Holz verfeuern. War es verbraucht, zog sie sich nach Zwiebelart mehrere Kleider übereinander an. Niemand konnte sich erinnern, sie je krank gesehen zu haben.

Wieder einmal trug sie einen Eimer Wasser die Stufen ihres Turms hinauf. Ihr gerade eingetroffener Neffe hörte von oben ein heftiges Poltern, dann Aufprall und Stille. Er öffnete die Tür und rief die Treppe hinunter: „ Ist dir etwas passiert?". „"Nein, gar nichts! Ich bin gleich oben", scholl es vom Treppenansatz zurück.

Sie war über ein Holzscheit gestolpert, die Treppe hinuntergestürzt und hatte dabei den Eimer Wasser über sich gegossen. Am linken Haaransatz hatte sie sich einen Lappen Haut und Haar vom Kopf gerissen. Sie klebte ihn schnell zurück, griff, um die Wunde zu verbergen, geistesgegenwärtig nach einem Hut vom Haken neben der Ausgangstür, setzte ihn auf und brachte nach kurzer Zeit einen Eimer Wasser ins Wohnzimmer. Dann entschuldigte sie sich, sie müsse jetzt zu einer Privatstunde gehen. Das tat sie dann auch.

Rastlos. Was trieb sie an? Tugend? Selbstvergessenheit? Klassische Ideale? Die Emanzipation der Frau? Oder das Ideal der Bescheidenheit, die Verleugnung eigener Ansprüche und Bedürfnisse? Oder vielleicht doch die Flucht vor sich selbst, vor den eigenen Gedanken, eine Flucht nach vorn? War es der unhörbare Aufschrei einer gepeinigten Seele, die selbst ihr letztes Bauernopfer schon gebracht hat und nur noch vor einem leeren Schachbrett steht? Was hatte sich der alte Perser gedacht, als er das bittere Ende seines „Spiels" ausformte? Wieso sollte da nicht der siegreiche König die nun – endlich- alleinstehende fremde Königin zum Tanz führen? Schließlich war jetzt das ganze Schachbrett-Parkett dafür frei!

Wenn du jede gnadenlose Minute füllen kannst mit 60 Sekunden erfüllter Wege:

Dann gehört die Erde und alles, was darin ist, dir![28]

Kam sie gerade oder ging sie zu einer Privatstunde? Kurz vor dem Gartentor brach sie zusammen, zog den Arm mit der Armbanduhr vors Gesicht: 7 Uhr. Nachbarin und Nachbar sprangen auf die Straße, um ihr aufzuhelfen.

„Ist es morgens oder abends?", fragte sie. Ihr Kopf glühte.

Natürlich hatte sie auch den typischen Anzeichen einer Lungenentzündung keine Beachtung geschenkt.

---

[28] Fragment aus "If" von Rudyard Kipling (eigene Übersetzung)

Zwei Nachbarn stützten oder vielmehr trugen Therese in ihr Turmzimmer. Dort legten sie sie aufs Bett, um dann gleich wieder hinunterzulaufen, einen Arzt zu rufen. Therese aber stand wankend auf, zog sich ihr Seidenhemd an, legte sich damit in ihr Bett und breitete den Seidenschal über sich aus.

Die Eintreffenden fanden sie ausgestreckt auf dem Rücken liegend mit gefalteten Händen über dem Seidenschal. Ihre Augen hatte sie selbst geschlossen.

+++

FSC
www.fsc.org
MIX
Papier | Fördert
gute Waldnutzung
FSC® C083411

Zeitfracht Medien GmbH
Ferdinand-Jühlke-Straße 7
99095 Erfurt, Deutschland
produktsicherheit@kolibri360.de